풀각시

풀각시

이애자 시집

한그루

시인의 말

툭 툭
내뱉은 생각
한 묶음
되었으니…

차
례

해설

정수자(시조시인)

제1부

어머니 붉은 하루를
소리 없이 파먹었다

목화

열두 근 깔고
다섯 근 덮고
포근포근
꽃의 무게

수만 송이
덮고 잤다니
수만 송이
깔고 잤다니

뜨겁게 맺은 열매가
나였단 말이지

옷

옷이라 써놓고 사람이라 읽는다
까막눈 어머니도 어림짐작 깨쳤을
사람을 그려 놓고서 옷이라 읽는다
터지면 꿰매주는 그런 게 사랑이라고
작아지면 늘려주는 그런 게 품이라고
사람이 옷을 만들고 옷이 사람을 만든다고

풀각시

청상의 어머니 밤낮없는 삯바느질로
외할망 손에 크던 콩알만 한 오누이
쌍무덤 상석에 앉아 넌 어멍 난 아방

아버지 빈자리는 여섯 살 누이가
겨를 없는 어머니 빈자리는 한 살 터울 동생이
온전히 가족을 이룬 넌 어멍 난 아방

물

제 새끼 키우면서 안 해본 일 없었다고
그 속 삭인 세월 썩어 고인 것들도
하나둘 풀어놓으니 참 맑게도 흐릅니다

닭가슴살

불면 날아갈까 쥐면 깨질까
품을 벗어나도 못해준 기억만 남아
어미의 가슴은 온통 빗살로 그어져 있네

가을 안개

아흐렛장 아흐레를 허벅물 져 날랐노라
큰어멍 맺힌 속 부옇게 휘젓고 나면
등이 휜 세상살이도 방울방울 증류되어

입

오일장
됫박 쌀 팔아
남은 이문으로

새끼 앞앞 풀어 놓은
애기 머리통만 한 수박

어머니
붉은 하루를
소리 없이
파먹었다

오월의 마늘 밭

대지는 아무래도 틀림없는 어머니네
추수 끝나 갈아엎어 납작해진 가슴 풀어
까치며 왜가리 죄다 젖을 물리고 있네

초승달

탄 한 장 아끼려고 수시로 일어나
겨울을 조절하시던 어머니의 불구멍
마지막 잔불로 남은 새벽별이 지네요

엄마와 재봉틀

노루발 외발도
엄마와 발맞추면

달깍달깍
힘든 걸음도
드르륵 달려가지요

혹시나
길 잃을까 봐
실을 꿰고 가지요

민달팽이의 길

어쩌다 엄마라는 족쇄에 맨몸으로 나와
따가운 시선 안고 새벽을 걸어 나간
미혼모 더딘 걸음의 맨땅이 맨 은사슬

돌아갈 수 없는 길에 선 한 줄 긋고 가네
벌거숭이 신상이라도 개인동의 묻지 않는
몸 하나 풀 곳 찾아서 더듬이를 세우네

칸나

댓돌에 찢긴 이마 빨갛게 투색된 시월
돌쟁이 들쳐 안고 혼비백산 달리던
어머니 맨발자국이 그 길 따라 찍혀서

제2부

산 날을 헤아려보니
둥근 날도 꽤 많았네

단호박

때로는 흠집 하나가 속을 더 여물게 한다
두둘두둘 상처에 딱지가 앉는 동안
저 열외 왜소한 몸집 칼 앞에 단호하다

고추잠자리

몇 번의 껍데기를 벗어야 우주와 통할까
빨갛게 나사를 조이는 작은 것들의 날갯짓
가을의 깊이와 높이를 조절하는 중입니다

두루마리 휴지

나무는 죽어서도 모든 장기를 내어놓는다
견딤의 흔적마저 두루 말아 표백해버린
저 하얀 나이테에는 풀어야 할 과제가 있다

이쑤시개

죽어선 나도 나무 밑에 묻혀야 않겠나
후다닥 점심 먹고 습관처럼 집어 드는
요 작은 연장하나가 베풀어준 덕 땜에

무 썰다

무채를 써는데 슬라이스가 고르지 않네
뚝딱 뚝 딱 무뎌진 리듬에 연장을 탓하는
육십 년 살림 내공이 도마 위에 올랐네

쓱 초승달 쓱쓱 반달 쓱싹쓱싹 보름달
달의 주기처럼 가지런히 기운 무 앞에
산 날을 헤아려보니 둥근 날도 꽤 많았네

잼 만들며

끓어올라 으깨져

주저앉고 싶을 때

졸이던 맘 잘 저어

뭉근해지길 기다려 보라

점성은 끈끈해지고

관계는 달달해져

이음새

도배지에도 날개가 있는 거 아세요?
도배지 한쪽에만 있는 반쪽짜리 날개
또 다른 날개로 이어 감쪽같이 사라지는 새

요양원의 가을

태풍 끝에 때아닌 꽃 몇 송이 활짝
해맑은 왕벚나무 몰아친 기억 전혀 없이
오늘도 담장에 기댄 하루가 야위어 간다

푸른 새벽

하루 달리 층층 올라가는 건물 뒤로
지그재그 주차된 차량들이 만땅이다
골목길 만성적 역류 나이 탓만일까만

동남아 노동자들 인력 버스에 오르는
새벽 위로 동남아에서 날아오는 비행기
세상의 별별 일들을 별인들 별 수 있을까만

황급히 오토바이 내려선 사내가
고등어 한 대야 안고 다방 문 두드리는
뱃사내 속없는 속을 속속들이 알까만

달빛 흥건했던 하룻밤 유토피아
이어도 슈퍼 앞 대자로 누운 사내가
차갑고 딱딱한 바닥이 암초인지 알까만

기도 마친 발걸음이 평온평온 걸어가는

새벽을 짊어진 십자로 저 아이들

학교로 향한 날갯짓 가볍기나 할까만

천사의 나팔꽃

바닷가 후미진 곳 늙은 트럭 낡은 주인
삶의 음계를 찾느라 뭉툭해진 겉과 안이
이따금 나팔만 잡으면 활짝 피는 사내가 있다

한걸음

햇살은
섬 섬
새싹들을
세우네

할머닌
섬 섬 섬
손주 녀석
세우네

촛불은
섬 섬 섬 섬 섬
울 나라를
세우네

하루

귀천을 앞둔 하루살이 목전이 분주하다
식탁 위 좌초된 바나나는 북새통인데
사랑아, 짝을 맺었으니 아무 여한 없구나

순대

퇴근길 골목골목 옆구리 터지고
윗대가리 씹으며 어느새 동지 되고
곱씹어 되새겨보면 다 창자 채운 일이고

시월 밥상

덜 마른 낙엽에서 집간장 냄새가 난다
구름 걷힌 가을 얇게 저민 달 반쪽
참 맑게 우려낸 아침 공기 하나 추가다

살맛

물간 고등어 한 손 오장육부 다 빼고
살살 간 맞춰 눕자 뜨겁게 달아오른 불판
얼마나 사랑이 깊어 뼈만 남았을까

추어탕 한 그릇

땀 뻘뻘 흘려가며 탕 안을 공략한다
바닥 샅샅 비웠는데 빠져나간 흔적이 없다
입맛을 잡는 전략에 이미 말아 먹었다

제3부

불착 젖은 갈중이
소금꽃이 필 즈음

제주 사람

부러, 바람 앞에 틈을 내준 밭담들 보라
어글락 다글락 불안한 열 맞춤에도
쉽사리 허물어지지 않는 엇각을 지니고 있다

밥차롱

뱅작밭●일 나가신 어머니 기다리다
피들락 엎어버린 일곱 살의 밥차롱
그 후로 밥이란 줄곧 매달리는 일이었다

● 농사를 지어주고 밭 주인과 반반 나누는 방식.

보리개역 ●
- 개역하는 날

비 칠칠
유월 장마
솥뚜껑
뒤집어 놓고

어머니
타닥타닥
보리 볶는
부엌에

땀 촐촐
토다 앉아서
닷 되 부주
보태던

● 미숫가루의 제주어.

보리개역

- 밭 가는 날

어러러러~
할아버지
후렴 따라
구르는 해

불착 젖은 갈중이
소금꽃이 필 즈음

후르르
개역 한 사발
더위 몰고
가시네

돗걸름 내는 날

통시담 허무는 소리 단잠 허무는 소리
꽤액 꽥 자릿도새기 과꽃 뭉개는 소리
어머니 달그락달그락 달빛 허무는 소리

탁 탁 깻단 타는 무쇠솥 매운 눈물
빨갛게 짓무른 삼 촉짜리 알전구 따라
희뿌연 곤밥 냄새가 어둠을 뜯들이던

구감●

다가올 추위 위해 불씨 몇 점 묻어두고
겹겹 깔고 겹겹 덮어 발 막아 누운 새벽
부엌방 청동화로에서 사그라지던 별들

날 풀려 당수치 오른 고구마 붉은 흙발
하나둘 퀴퀴하게 썩어나가던 윗목
조그만 창틈 비집어 혈 자리에 앉던 햇살

뿌리가 뭔지 씨가 뭔지 줄기가 뭔지 사는 게 뭔지
풀풀한 알드르에 발붙일 일 앞서던
맥없이 쓰러진 모종도 바닥 치고 일어섰는데

먹구름 속 번쩍번쩍 쇠젓가락 내밀며
씨고구마 질긴 심줄을 찌르던 칠월
새벽을 흩트려 놓던 섯알오름 그 총성

깜깜하다 하얘지다 노래지던 하늘
내리지도 뻗지도 못한 색의 난무에
할머니 무지외반 같은 붉은 족적이 접질린다

● 모종을 식재하기 위해 심었던 씨고구마.

물허벅

연기 팡팡
구듬 팡팡
동한두기 바닷가
그을린 축보름엔 낮에도 별이 돋았고
싸르륵 위벽을 흝던 외갓집 파도 소리

눈 팡팡
ㅂ름 팡팡
외할망 가시던 날
지붕 기운 초가 함박눈 함박이 내려
살아서 물로 채운 가난
딱 하루 능을 허하시더라

눈물 팡팡
콧물 팡팡
입관 끝낸 천막 안

먼 궨당 서넛 앉아 두건 한 겹 슬픔 두 겹 접는데
물허벅 검붉은 팥죽 울컥울컥 쏟더라

화르르 한 줌 재 보리낭불 같은 명줄
구석을 고집하던 어둔 부엌 그 자리에
외할망 쪼그려 졸듯 물허벅이 졸고 있더라

백동백

밀항 간 할아버지 끝내 둥지 따로 트셨다
삼백예순날 광목 수건 머리에 질끈 동여
난간에 잠시 걸쳤던 외할머니 짧은 생

마음 깎아 고독사孤獨寺 절 한 채 지으셨다
스스로에게 입힌 내상을 다스리려다
외고집 화근이 되어 더 큰 그늘 만드시고

힘을 잃고 나서는 눈빛은 온화해져
이따금 할아버지 동박새로 앉았다 가면
북받친 하얀 속울음이 마당귀를 적셨다

고질적 흐림

꽝●만 개벼우민 뭘 해도 산다는 삼촌들
어둠에 젖은 신경외과 문턱에 앉아
순번을 정하는 새벽이 다 뼈아픈 얘기다

● 뼈의 제주어.

일과리 궨당

수시로 깽판 놓는 그 바람을 어떵허느냐
변변찮은 살림살이 아귀를 맞춰가멍
일과리 이름 그대로 일과처럼 허영 산다

우리 마을에도 고래 한 마리 살암져
술 한잔 들어가면 고래고래 높이당도
다음 날 마늘밭에선 기여기여● 허멍 산다

● '그래그래'의 제주어.

58

하늘이 솔짝
- 일곱 살

어머니 쌀가게 쌀 한 줌 솔짝 담아
서문다리 건너다 헛디뎌 쏟은 주머니
싸락눈 발악이 풀어 어린 죄를 묻으셨다

어머니 쌀가게 오 원짜리 솔짝 꺼내
사탕가게 기웃대다 뒤집힌 오 원의 누명
둥근 달 슬며시 띄워 어린 죄를 감싸셨다

모슬포 오월 바다

수천 마리 갈매기 한꺼번에 내려앉듯
파닥파닥 은빛 날개 반짝이는 물결 위
햇살은 꽂히는 족족 눈부신 불발이다

바다와 바닥

하늘이 묵지 대고 바다를 베낀 걸까
바다가 묵지 대고 하늘을 베낀 걸까
짙푸른 곤룡포 자락 금박 입힌 밤바당

자리 하나로 한자리하지 않았더냐
방어 하나로 한철 방어하지 않았더냐
그 많던 자리도 방어도 북상 중이라는구나

가파도 혼끝 잡고 마라도 혼끝 잡아
둥글게 몰아가고 둥글게 몰아오면
멸치떼 구덕 하나쯤 모슬포 인심이었다지

송악산 무릉리 지나 신도 앞바당까지
환해장성 돌을 쌓는 돌고래떼 앞세워
해 지는 모슬포 바당 황룡포를 펼치자꾸나

일과리 개양귀비

외지인이 살다간
빈 마당에 풀이 덤벙

주홍빛 립스틱
엄마 몰래 갖고 와선

까르르
동네 꼬마들
돌려가며
바르고 있네

사계리 절창

하루 딱 오십 그릇만 파는 장어덮밥
찬합 속 군더더기 하나 없는 행갈이에
기막힌 종장의 맛은 사계바다 풍경이다

삼월

반짝
눈부신
유혹이랄까
본색이랄까

사계리를 지나던
아침 해 후끈 달아

한바탕
딩굴고 간 뒤
유채꽃
환한
봄

제4부

홀로 나앉아
촛불 하나 켜는 섬

섯알오름● 낮달

게무로 하늘 흔 구녕 막았댄 행 모르카

● 예비검속 학살 터 자리.

하얀 평화

폭 폭 설 설
폭 폭 설 설
동서남북
읍면동리
서광 동광 청수 저지
봉개 오라 북촌 가시
붉게 핀
저 핏자국들
송이송이
꽃이라

폭 폭 설 설
폭 폭 설 설
폭폭 빠지고
설설 기던
활엽의 시간 위로 눈물 켜켜 눈꽃 켜켜

뒤집어
덮으려 한들
하얗게
지우려 한들

폭 폭 설 설
폭 폭 설 설
천근만근
눈이 내려
시린 넋 구덩이 위
구름 한 장 달랑 얹어
허공을 달구질하는
중산간
까마귀떼라

폭 폭 설 설

폭 폭 설 설

폭폭 먹게

설설 끓어

소복소복 오름마다 담아 올린 메밥이라

토벌대 무장대들도

다 한솥밥

피붙이라

지슬●

요 눈만 붉은 것들 배롱헌 날 있을까
까마귀떼 까악까악 까맣게 휘젓다 가면
입단속 몸단속하며 죽어 산 세월 알까

알드르 새벽하늘 탄피처럼 박힌 별
알알이 문드러져도 일일이 도려내
묵묵히 산 날들이 몬 데작데작 곰보네

그 눈만 붉은 것도 배롱헌 날이 있어
한 줄 한 줄 갈아엎어 곱게 친 이랑마다
쌍시옷 거꾸로 써도 싹은 자라 제구실하네

● 감자의 제주어.

모슬포(모슬이라)

모슬이라 모슬이라
모래바람 거문고라

모슬이라 모슬이라
곡절 많은 모슬이라

슬픔도 가락에 실어
버텨온 사람들이라

바람을 닮았어라
바다를 닮았어라

천길 물길 뱃길이라
해 굴려 달을 저어

수평선 줄 하나 거는

술대 든 바람이라

모슬이라 모슬이라
바람코지 모슬이라

조각달 날 끝에 피는
판화 같은 새벽이라

바늘 밭 물결이어라
감자꽃 파도여라

금자삼춘

젖먹이 들쳐업고 북촌을 향한 걸음
넋 나간 어머니의 손힘에 이끌린
여섯 살 그 어린 것은 울 수조차 없었다

얼떨결 외삼촌 따라 경찰이 된 아버지
목에 닻이 감기고 팔다리 묶인 채
바다에 수장됐다가 보름 만에 떠오른

새파랗게 기억되는 새파란 아버지
봄 햇살 한 벌로 따듯이 염을 끝내고
하얗게 이승을 지우는 광목천 한 겹의 생

독해져야 산다는 외할머니 채근에도
딸의 입학 통지 받고서야 번쩍 정신이 든
어머니 바느질 하나로 써 내려간 마흔 해

폭도니 토벌대니 방화니 학살이니
섬을 함구하던 사월의 어휘가 풀리고도
가슴에 피는 섬동백 뜨겁고도 시리다

옥돔

모슬포 사람이면 바람 자국 하나쯤
오장육부 헤집는 염장의 고통쯤
광풍에 납작 엎디어 바짝 마른 세월쯤

모슬봉을 걷다

겨울바람 떠안으며 휘청휘청 휘는 길
미처 소등 못 한 백열등 감귤 몇 알
모슬봉 중턱에 앉아 마음 호 호 녹이네

올레길 11코스 공동묘지 가는 숲길
산딸기 붉은 몇 알 핏방울로 맺혀서
혀끝에 비릿한 맛이 달콤해 더 무섭네

앞서간 발자국에 발자국을 포개네
바람코지 온갖 풍파 맨몸으로 막아내던
홑겹 안 가려진 자상 억새꽃 항쟁이었네

온평리 생이여●

유독 어린 것만 앗아간 바당이라
종이꽃 하얀 파도 감아드는 생이여
조간대 작지 밭에다 돌 하나를 얹으네

바다와 하늘 사이 줄 하나 매어놓고
썰물에 뒤로 반 발 밀물에 앞으로 반 발
눈뜨고 보낼 수 없어 눈감고 떠날 수 없어

현무암 구멍구멍 휑휑 풀어 젖히다가도
뒤돌아 쇠 울음 우는 온평리 겨울바당
시퍼런 몸부림 속에 말 못할 곡절은 뭘까

● 성산포 온평리 앞바다에 있는 상여 모양의 작은 여.

큰넓궤 종나무

큰넓궤 입구 지키는 종나무가 있습니다
힘껏 팔 벌려 온몸으로 막아섰습니다
그것도 모자라는지 종까지 매달았습니다

다급해진 꽃들이 당 당 당 종을 칩니다
곶자왈 짓이기며 넓궤를 겨눈 총구
빛 한 번 쐬지도 못한 애기숨통을 틀었습니다

서귀포시 안덕면 동광리 산 90번지
마을이 초토화가 되고 일흔 해를 넘긴 지금도
큰넓궤 혼백을 지키는 종나무가 있습니다

격납고 앞에서

돔보연필 하나 간절하던 시간이 있네
가난에 억눌린 내 마음은 식민지였고
아무리 침을 발라도 살리지 못한 풍경이 있네

가슴 한가운데 패망의 낙인처럼
요철무늬 검은 형틀에 격납된 공허함
평화의 순례자들의 리본 하나가 더해지네

이따금 흙먼지 일으키며 내려앉는 바람이 있네
무모한 착륙엔 반성의 기미 전혀 없고
아무리 침을 뱉어도 지울 수 없는 역사가 있네

알드르 비행하다

슝 슝 바닷바람만 이륙착륙 반복하네
일제강점 인간폭탄 가미가제 큰 야망에
저승길 대기표 끊던 비행장이 퀭하네

한겨울 얼차려에 종아리만 굵어가던
일렬종대 국방색 군기마저 무너지는가
반타작 4월의 무밭 제대 말년 알드르네

비행장 머리 위로 밑줄 쫙 긋고 가는
분필자국 또렷한 비행운의 긴 여운
힘 꾹 쥔 메시지 한 줄 '알드르가 책이다'

알드르 가는 길

누가 칼바람 앞에 저자세라 하겠나
납작이 땅에 붙어 겨울을 나야 하는
냉이꽃 깊게 괸 눈물 하얗게 마르는데

앞 뒷장 찢겨나간 겨울이랑 행간에
퍼렇게 동상 걸려 나뒹굴던 감자 몇 알
꼼지락 가려운 자리 뾰족뾰족 돋은 싹

삼 년에 한 번은 얻어걸린다는 농사 셈법
인건비 비료 값 다 제하고 나면
살그랑 식은 땅에서 연골 닳은 바람소리

평화로 노을

때론 구간 과속 평균속도 염두에 두다
살짝살짝 눈알 굴려 추월을 탐하다
한나절 굴러온 해와 안전거리 유지하다

벌겋게 불길처럼 중산간에 번진 노을
절레절레 저으며 "혼져 가라 혼져 가라"는
길게 선 억새꽃 대열 소개령을 되새기다

새별오름 이대오름 촛대오름 금오름
저물어 설문대할망 금형에 쇳물을 붓는
평화로 구도에 잡힌 평화에 허기지다

갱년기 낯빛처럼 홍조 띤 모슬포 쪽
집으로 가는 길은 언제나 조급해져
내 나이 어머니처럼 맹심맹심 되뇌다

홀에미섬●

대정 땅만 밟으면 살아나는 바람이라
대정 땅만 밟으면 살아나는 불씨라
그 누가 이곳에 와서 얕은 생각 품을까

지아비 보내고 자식까지 보낸 어미
저 거친 물살에 맘 꾹꾹 다스리며
긴긴 날 홀로 나앉아 촛불 하나 켜는 섬

● 모슬포 앞바다에 있는 바위섬.

구억리 곶자왈에서

솥단지 하나 걸쳐 돌밭에 품은 소망
주는 대로 되는 대로 있는 대로 시키는 대로
중산간 반 딱 접어서 중간치도 못 간 생

얼마나 숨통이 죄어 숨골에 발붙였을까
테우리 말 없는 각시 하늘하늘 지던 길
빌레밭 길마가지가 매듭짓듯 매듭 풀듯

초록의 무장 안에 초록초록 새소리
무서열의 서열과 무질서의 질서 사이
평화에 방점을 찍는 새끼노루 까만 눈

밭담 같은
삶의 품과 바람

정수자(시조시인)

밭담 같은 삶의 품과 바람

정수자(시조시인)

제주의 아름다움이 일으키는 바람을 갈수록 크게 맞는다. 제주에 새로 부는 바람에는 문화예술 바람이 큰데 문학도 몫을 톡톡히 한다. 그 속에서 시조의 바람도 크고 넓고 높게 퍼지고 있다. 제주 문화를 일궈온 제주의 역사에서 여자를 빼놓을 수 없듯 여성 시인의 진출과 활약도 두드러진다. 이 시집을 펴내는 이애자 시인도 그런 제주 사람이자 제주의 여성 시인이다. 제주에 대한, 제주를 위한, 제주 특유의 시적 발언들이 중심을 이루는 까닭이다.

이애자 시인은 등단 20년차에 접어들며 새로운 시집을 준비했다. 2002년 《제주작가》 신인상과 제5회 대구시조시인협회 전국 시조공모 장원으로 시인의 이름표를 단 후, 시집도 몇 권 냈으니 꾸준한 창작을 보여준 것이다. 『송악산 염소 똥』, 『밀리언달러』, 『하늘도 모슬포에선 한눈을 팔더라』 등이 출간한 시집들이다. 문단 활동으로는 조용한 편이지만, 꾸준한 쓰기로 자기 세계를 개진하고 구축해온 시인이라 하겠다.

이번 시집 『풀각시』의 첫 소회는 '글은 곧 그 사람'이라는 사실이다. 동서고금을 관통해온 이 전통적 문학관은 자신을 투영하는 글쓰기가 많은 작가의 경우에 더 어울린다. 그가 살아온 세상의 안과 밖이며 삶의 품 같은 것들이 세계관과 함께 작품에 투영되고 구현되기 때문이다. 그러니 작품(집)에 시인이 추구해온 자신의 시관詩觀이나 시품詩品 등이 발현되는 것은 당연하겠다. 이애자 시인도 제주 사람으로 살아온 삶의 품을 시적 품으로 여며내며 남다른 성취를 보여준다. 제주의 역사와 문화 그리고 토속적 정서를 이루어온 삶의 성찰이 보편적 감동과 시적 개성을 빚는 것이다.

*

앞에서 언급했듯, 이애자 시인의 『풀각시』에는 제주 사람다운 작품이 많다. 제주의 삶을 더 깊이 살피고 담아내는 과정이 곧 제주 고유의 정체성 탐구로 나타나는 것이다. 그런 작품들은 일견 평이하고 담백한 듯싶은 구절에서도 제주 역사나 삶의 곡절을 제주의 바람처럼 풍기는 데서 엿볼 수 있다. 제주를 그려내는 시조거개가 제주의 상징처럼 운위되는 돌과 바람과 여자의 삶을 제주만의 밭담 같은 발화로 빛내는 것이다. 이런 특징은 여러 작품에서 드러나지만 「제주 사람」에서 가장 효과적인 압축을 만날 수 있다.

부러, 바람 앞에 틈을 내준 밭담들 보라/ 어글락 다글락 불안한 열 맞춤에도/ 쉽사리 허물어지지 않는 엇각을 지니고 있다

- 「제주 사람」 전문

이 시조는 표제작이라 해도 좋을 만큼 크게 닿는 가편이다. 시인은 "제주 사람"의 면면에 제주의 자연과 어울려 살아가는 사람살이 안팎을 제주 특유의 정서로 담아낸다. "부러,"라는 도입부터 쉬운 부사의 배치를 통한 말부림의 한 수를 보여준다. '일부러'와 같은 말이지만 '부러'는 대부분 어른들의 입말로 낯선 표현일 수 있는데, 그 말을 맨 앞에 놓아 작품 전체를 관장하는 제주 밭담의 한 표상으로 만든 것이다. 다른 시에서 부사의 비슷한 배치를 보긴 했지만, 좀체 쓰기 어려운 묘수로 그 말에 담긴 제주의 문화와 정신까지 극대화한 셈이다. "부러,"는 그렇게 시적 징검돌이자 무지개 같은 효과를 빚어낸다. 그 말을 다시 발음해보면 "바람", "밭담", "보라"의 'ㅂ'음들과의 어울림이 독특한 말맛을 자아내는 것을 느낄 수 있다.

허술한 듯싶은 돌 쌓기가 바람 앞에서 더 강한 버팀목이 되는 밭담의 역설. 그것은 "바람 앞에 틈을 내준" 덕이고, 바람 많은 제주 자연과 맞서 살아가며 터득한 삶의 슬기에서 연유할 것이다. 구멍 숭숭 뚫린 현무암의 현실성에 미학성까지 담보하는 밭담이 제주의 문화적 명품으로 탄생한 셈이다. 게다가 시인이 그려내는 밭담은 "어글락 다글락 불안한 열 맞춤에도" 서로 잘 지켜내는 힘이 오롯하니 더 오래 제주 바람을 노래할 수 있겠다. 그야말로 "쉽사리 허물어지지 않는 엇각을 지니"며 견뎌온 밭담의 내력이 곧 제주의 내공인 것. 드센 바람을 이겨낸 삶의 엇각을 거기 겹치며 시인은 꿋꿋한 삶의 고샅을 널리 전파한다. 제주 속의 시적 발견과 발화가 밭담의 존재를 새로 빛내며 현실적 가치까지 비춰주는 것이다.

*

제주의 삶과 풍속은 시집 곳곳에서 다양한 모양새로 펼쳐진다. 「옷」도 그런 제주의 일상과 습속을 잘 보여주는 작품이다. 우리가 날마다 입고 벗는 만큼이나 중요한 품이요 격을 이루는 옷. 때로 옷이 우리 자신으로 여겨질 만큼 현대의 옷이 수행하는 역할이나 기능은 커졌다. 현대에 들어와서는 자신의 사회적 위치며 개성을 드러내는 표현으로서의 패션 기능이 더욱 강화됐다. 사회적 지위나 경제적 위상이 옷을 통해 나타난 것은 오래된 일이지만, 자기표현이라는 옷의 노릇이 점점 전경화되는 것이다. 그렇게 옷의 내력과 면면을 짚어보면 옷 또한 그 사람이라는 생각에 이른다.

다음 작품에서도 옷으로 보는 옷과 삶과 사람, 그리고 옷 이상의 세계를 볼 수 있다.

옷이라 써놓고 사람이라 읽는다/ 까막눈 어머니도 어림짐작 깨쳤을/ 사람을 그려 놓고서 옷이라 읽는다/ 터지면 꿰매주는 그런 게 사랑이라고/ 작아지면 늘려주는 그런 게 품이라고/ 사람이 옷을 만들고 옷이 사람을 만든다고

- 「옷」 전문

시인의 생각이 자연스럽게 성찰의 옷을 입고 나오는 작품이다. "옷이라 써놓고 사람이라 읽는다"는 조

금 낯익은 문구처럼 느껴지는 도입부터 그렇다. 그런 시작이 시적 울림으로 커지는 것은 "까막눈 어머니도 어림짐작 깨쳤을" 것이라는 전언에 기인한다. "까막눈 어머니도" 살아오면서 터득했을 생활의 진리 같은 깨침은 오랜 경험의 집적에서 다시 깊이를 얻는다. "사람을 그려 놓고서 옷이라 읽는다"는 문장도 일견 평범하지만 짚을수록 크게 닿는 이면을 지니고 있다. 이를 받는 둘째 수도 평범한 표현의 연속인데 그것이 여운을 낳으며 자연스럽게 확장된다. "터지면 꿰매주는 그런 게 사랑이라고" 또한 "작아지면 늘려주는 그런 게 품이라고" 전하는 구절이 어머니 말씀이기 때문이다. 넌지시 일러주는 말 속에 "사랑"과 "품"을 실천해온 삶이 호소력을 빚는 것이다. 우리가 자라온 과정을 돌아보면, 어머니가 꿰매주고 늘려준 옷을 입으며 지금에 이르렀고, 그것이 곧 자신의 삶을 이루고 있으니 말이다. 그런 옷이 우리 자신을 이루는 은유로 넓어지니 더 많은 함의가 보인다. 시인은 그런 "짐작" 끝에 다다른 생각을 힘주지 않고 나직이 뇌는 식으로 전한다. 바로

"사람이 옷을 만들고 옷이 사람을 만든다고" 말이다. 어찌 보면 일상에서 운위되는 익숙한 표현으로 지나칠 수 있지만, 이 또한 삶의 문맥을 담보한 시적 문맥으로 거듭나면 진정성을 확보하는 것이다. 이런 경험과 과정의 성찰을 수굿이 보여주는 것도 이애자 시조의 미덕이겠다.

시인은 어머니와 제주를 다양한 곡절에 담아 전한다. 제주가 곧 어머니이고 어머니가 곧 제주이듯, 오랫동안 한몸의 삶을 살아온 세월을 다시 읽어보는 것이다. 그런 생의 고단함을 인내심으로 일궈온 제주 여성의 삶은 다음 작품들에서도 잘 드러난다.

노루발 외발도/ 엄마와 발맞추면// 달깍달깍/ 힘든 걸음도/ 드르륵 달려가지요// 혹시나/ 길 잃을까 봐/ 실을 꿰고 가지요
- 「엄마와 재봉틀」 전문

뱅작밭 일 나가신 어머니 기다리다/ 피들락 엎어버린

일곱 살의 밥차롱/ 그 후로 밥이란 줄곧 매달리는 일이

었다

　- 「밥차롱」 전문

　「엄마와 재봉틀」은 동시풍의 작품이라서인지 명랑
성이 도드라진다. 음악성도 고려한 듯 "노루발 외발
도/ 엄마와 발맞추면" 도입부터 '발'로 연결되는 어감
과 소릿결이 발랄하다. "달깍달깍"이나 "드르륵"도 재
봉틀에서 나는 소리지만 음악적 효과를 앞세운 활용
으로 시적 리듬도 옹골지다. "혹시나/ 길 잃을까 봐/
실을 꿰고 가지요"라는 맺음에서는 엄마의 고된 나날
을 짚지만, 이 역시 밝은 심상으로 동시의 어조를 살린
다. 동심으로 "엄마와 재봉틀"의 관계를 바라보며, 나
날이 힘든 중에도 서로 돕는 마음을 살피고 참하게 그
려낸 것이다. 특히 "길 잃을까 봐/ 실을 꿰고 가지요"
같은 맺음도 교훈조 동시조의 쇄신은 물론 단순하지
만 마음 적시는 흡인력을 노래처럼 담아낸다.

　「밥차롱」도 제주의 삶을 절묘하게 담아낸 가편이다.

뱅작밭은 '농사를 지어주고 밭 주인과 반반 나누는 방식'의 제주어라니, 소작농의 힘겨운 삶이 압축된 표현 같다. "뱅작밭 일 나가신 어머니 기다리다/ 피들락 엎어버린 일곱 살의 밥차롱"만 읽어도 훤히 보이는 소작의 세월이다. 그런 인고의 세월이 더 길었으니 시인이 애써 마련한 마무리 문장에 다 걸려 있다. "그 후로 밥이란 줄곧 매달리는 일이었다"니! 이보다 더 깊고 넓은 한 줄이 있을까 싶다. 그토록 한 장이 오래 남고 독자도 그 여운에 휘말리는 것은 무릇 밥벌이가 그러하다는 공감 때문이다. 누군들 밥에 매달리지 않고 살 수 있겠는가. 그럴수록 "피들락 엎어버린 일곱 살의 밥차롱"에서 "밥이란 줄곧 매달리는 일"로 나아간, 최대한의 압축으로 오히려 크게 확장하는 시적 품에 머물게 된다.

엄마나 어머니의 삶을 다룬 작품은 많은데, 아픈 가족사를 압축한 「풀각시」에 따라 숙이게 한다. "청상의 어머니 밤낮 없는 삯바느질로" 살아낸 세월이 어느새 "온전히 가족을 이룬" 무덤으로 자리 잡는 것. 시인도 그 세월의 흔적을 찾아 새삼스레 "풀각시"를 뇌며 지난날을 오붓이 톺아보는 것이겠다.

*

섬에 살면서 섬에 갇히지 않는 시세계를 개진하기란 지난한 노력을 요할 듯하다. 제주, 하면 떠오르는 4·3을 떠나서 생각할 수 없을 만큼 제주만의 일이 다른 문학에도 많이 등장하기 때문이다. 제주의 역사나 풍속 등을 제주인의 삶에 겹쳐 그리기는 대부분의 시집에 나오는 특징이라 거기서 더 새로운 시적 개진을 하기는 어려운 작업이지 싶다. 그럼에도 다양한 관점과 인식과 시적 탐험이 새로운 제주의 문학으로 거듭나는 것을 볼 수 있다.

이애자 시인의 작품에서도 제주의 풍토를 넘어 외국인과 함께 변화하는 오늘날의 제주를 엿볼 수 있다. "동남아 노동자들"과 "뱃사내"들이 서로 얽혀 살고 있는 제주의 현실을 유달리 살피는 것이다. 제주의 아름다움이 유명세를 타는 동안 외국인 노동자도 많이 들어와서 국제도시 같은 면을 지니게 된 현재 상황의 반영이다.

하루 달리 층층 올라가는 건물 뒤로/ 지그재그 주차된 차량들이 만땅이다/ 골목길 만성적 역류 나이 탓만일까만// 동남아 노동자들 인력 버스에 오르는/ 새벽 위로 동남아에서 날아오는 비행기/ 세상의 별별 일들을 별인들 별 수 있을까만// 황급히 오토바이 내려선 사내가/ 고등어 한 대야 안고 다방 문 두드리는/ 뱃사내 속없는 속을 속속들이 알까만// 달빛 흥건했던 하룻밤 유토피아/ 이어도 슈퍼 앞 대자로 누운 사내가/ 차갑고 딱딱한 바닥이 암초인지 알까만// 기도 마친 발걸음이 평온평온 걸어가는/ 새벽을 짊어진 십자로 저 아이들/ 학교로 향한 날갯짓 가볍기나 할까만
- 「푸른 새벽」 전문

퇴근길 골목골목 옆구리 터지고/ 윗대가리 씹으며 어느

새 동지 되고/ 곱씹어 되새겨보면 다 창자 채운 일이고

    -「순대」 전문

    「푸른 새벽」과 「순대」는 같이 읽으면 더 흥미로운 비유가 된다. 사실 두 작품은 다 삶의 속내와 내장을 살피고 더듬고 그려내는 작업의 결과물이다. "지그재그 주차된 차량들이 만땅"인 현장과 "골목골목 옆구리 터지"는 "퇴근길"은 다 거기서 거기인 제주 안의 삶을 좀 더 적나라하게 묘사한 현장이다. 어느 길목이 그렇지 않을까만, 세상 호젓하고 아름다운 섬 같던 제주도 "골목길 만성적 역류"를 겪으며 "세상의 별별 일들을" 껴안고 살아가는 게다. 그런 모습을 여러 삶에 견주며 시인은 "윗대가리 씹으며 어느새 동지 되"는 보통 사람들의 속내도 뒤집어본다. 그 모두가 "곱씹어 되새겨 보면 다 창자 채운 일이"거니! 그렇지 않은가. 아무리 힘들고 속 터지는 현장도 "창자 채운 일"로 귀결되는 게 우리네 삶이니 말이다. 그런 포착이 사람살이에 대한 성찰로 이어지는 것은 시인의 남다른 시선과 관찰

에서 연유한다.

시인은 율감이나 리듬 같은 말맛의 효과로 색다른 쾌감을 구하는 데도 적극적이다. 이는 여러 작품에서 우리말의 소릿결과 다의성을 활용하며 시적 극대화를 꾀하는 데서도 잘 나타난다. 그 예로 몇 작품을 살폈지만 다음 작품은 펀(pun) 이상의 효과로 빚는 음악적 즐거움을 보여준다. 모슬포에서 특히 잘 나타나는 말 부림의 맛은 여러 면에서 새겨볼 가락의 진경을 담고 있다.

모슬이라 모슬이라/ 모래바람 거문고라// 모슬이라 모슬이라/ 곡절 많은 모슬이라// 슬픔도 가락에 실어/ 버텨온 사람들이라// 바람을 닮았어라/ 바다를 닮았어라// 천길 물길 뱃길이라/ 해 굴려 달을 저어/ 수평선 줄 하나 거는/ 술대 든 바람이라// 모슬이라 모슬이라/ 바람코지 모슬이라// 조각달 날 끝에 피는/ 판화 같은 새벽이라// 바늘 밭 물결이어라/ 감자꽃 파도여라

- 「모슬포(모슬이라)」 전문

먼저 눈에 띄는 것은 "모슬이라 모슬이라"의 반복과 말맛의 활용이다. "모슬포"는 바람이 너무 거세서 '못 살포'라 불렸다는 포구. 그곳의 거친 바람에 지친 사람들이 "몹쓸포 몹쓸포" 했다는 말도 전한다. 그런 '못살포'가 "모슬포"로 부드럽게 바뀐 것은 두루 알 테고, 시인의 바람을 같이 타는 즐거움이 자못 크다. 먼저 "모슬포"가 3수에 6번이나 쓴 것은 가락을 앞세워 살리려는 전략이겠다. 그만큼 반복도 공소하지 않게 리듬을 만드니 "모슬"에 담긴 'ㅁ', 'ㄹ'이라는 유음의 효과며 음가音價로 색다른 흐름을 빚어내는 까닭이다. 그 흐름은 곧 바람을 부르고, 거문고 같은 악기를 불러내는 작용으로 이어지며 음악처럼 어우러지도록 말과 말이 서로를 이끈다. "모래"와 "거문고"가 '물거문고'라는 기막힌 조합을 불러냈다면, 다음 장의 "곡절 많은 모슬이라"는 "모래바람 거문고"에 삶의 고뇌를 싣는 변주로 빛난다. 이를 받아 다음 종장에서 펼치는 "수평선 줄 하나 거는/ 술대 든 바람이라" 역시 거문고라는 이미지와 소리를 유기적으로 살리는 조화의 멋진 농현弄絃

이다. 셋째 수에서도 '모슬'의 반복이 이어지면서 "바람코지 모슬이라"로 바람을 다시 불러내서 모슬포의 힘든 삶을 환기하며 "조각달 날 끝에 피는/ 판화 같은 새벽이라"로 각인 효과를 높인다. 이 모든 마무리로 보기엔 "바늘 밭 물결이어라/ 감자꽃 파도여라"가 다소 거리감으로 닿을 수 있지만, 모슬포 파도의 형상화로는 매우 감각적이다. "바늘 밭 물결"도 되고 "감자꽃 파도"도 되듯, 바람이 일고 지는 모슬포의 모습이 시시각각 변화무쌍 새로운 까닭이다. 그런 데다 세 수를 소리 내어 읽으면 종결어미 '라'의 반복이 내는 별난 소리맛이 바람의 소릿결로 옮겨지면서 더 다양한 파랑을 타니 가락도 가편을 이룬다.

제주의 역사를 많이 담보한 말 중에 지슬은 뭍에서도 웬만큼은 아는 단어다. 영화 「지슬」에서 각인된 제주 사람의 피눈물이 담긴 지슬이 감자의 제주어인 까닭이다. 영화를 본 사람들이 지슬을 소리 내어 다시 보며 사연 많은 감자로 전환해 입력했을 것이다.

요 눈만 붙은 것들 배롱헌 날 있을까/ 까마귀떼 까악까악 까맣게 휘젓다 가면/ 입단속 몸단속하며 죽어 산 세월 알까// 알드르 새벽하늘 탄피처럼 박힌 별/ 알알이 문드러져도 일일이 도려내/ 묵묵히 산 날들이 몬 데작데작 곰보네// 그 눈만 붙은 것도 배롱헌 날이 있어/ 한 줄 한 줄 갈아엎어 곱게 친 이랑마다/ 쌍시옷 거꾸로 써도 싹은 자라 제구실하네

- 「지슬」 전문

첫 수에서 시인은 제주 사람이 겪어낸 수난을 지슬로 환기한다. "입단속 몸단속하며 죽어 산 세월"은 다름 아닌 "까마귀떼 까악까악 까맣게 휘젓다" 가고 난 험한 시절이다. 4·3을 먼저 연상하지만 다음의 "알드르 새벽하늘 탄피처럼 박힌 별"에는 중일전쟁 때 일제의 전투기 격납고로 사용당한 수난이 겹쳐진다. "알드르"는 '아랫들'로 비교적 물자가 넉넉한 바닷가 쪽을, 웃드르는 '윗들'로 바닷가에서 떨어진 내륙 지역을 이른다. 그래서 중국 공격에 기름 채우고 가는 전투기를

연상하니 감자의 눈도 "탄피처럼 박힌 별"로 보인 게다. 하지만 "데작데작 곰보"라도 어려운 시절을 묵묵히 견뎌냈듯, "그 눈만 붙은 것도 배롱헌 날이 있어" 힘들어도 다시 "싹은 자라 제구실"을 다 하는 게다. 지슬을 제주 삶의 은유로 읽고 그리며 일깨우는 시적 작업은 그래서 더 아리지만 또 건강하게 다가온다.

이와 비슷하게 제주 삶이나 역사 인식을 담고 있는 작품으로 「하얀 평화」가 있다. 이 작품은 「모슬포(모슬이라)」에 「지슬」을 합친 느낌으로 읽히는데, "폭 폭 설설"을 반복하며 노래성에도 집중하는 모습이다. 마지막 수의 "소복소복 오름마다 담아 올린 메밥이라/ 토벌대 무장대들도 다 한솥밥/ 피붙이라"는 문장이 알드르를 쓰는 시인의 전언이겠다. 물러나 생각하면 "다 한솥밥"이던 세상, 그런 평화를 꿈꾸는 노래가 "하얀 평화"를 향해 나아가려는 전진이 아닐까.

이애자 시인의 작품 속을 거닐면 제주 특유의 바람이며 밭담과 숨비소리 등이 파도에 실려 온다. 바람만큼이나 깊숙이 서린 제주 삶의 애환이 밟히지만, 그럴수록 건실한 생의 의지가 쑥쑥 솟는 현장의 소리도 들린다. 척박한 자연과 역사적 역경을 자양 삼아 새로운 날을 열어온 제주 특유의 숨비소리가 도처에서 들려오는 것이다. 그런 역사와 사람살이 속에서 함께 살며 시적 자원을 찾고 구하며 시인은 정형의 묘미를 천착하는 듯하다.

> 몇 번의 껍데기를 벗어야 우주와 통할까/ 빨갛게 나사를 조이는 작은 것들의 날갯짓/ 가을의 깊이와 높이를 조절하는 중입니다
> - 「고추잠자리」 전문

이 작품은 잠자리 비행의 비밀에서 창작의 고뇌까

지 담고 있다. 고추잠자리의 소묘라 해도 읽기에 따라 정형의 갱신을 위한 고민도 가능한 까닭이다. "몇 번의 껍데기를 벗어야 우주와 통할까"에서는 형식을 어떻게 잘 굴려야 할지, "빨갛게 나사를 조이는 작은 것들의 날갯짓"에서는 그렇게 조이고 풀고 조절하는 시간이 엿보인다. 그런 어느 끝에서 시적 "깊이와 높이를" 얻을 수 있지 않은가. 고추잠자리의 운행 묘사라도 독자의 상상을 얹어볼 여지가 많으면 시적 함의도 그만큼 풍요로워지게 마련이다. 이는 "끓어올라 으깨져// 주저앉고 싶을 때// 졸이던 맘 잘 저어// 뭉근해지길 기다려 보라// 점성은 끈끈해지고// 관계는 달달해져"(「잼 만들며」)에서도 확인되는데, 소박한 듯싶은 단수에 담보된 다의성으로 시적 품을 넓히는 경우다. 단순히 잼 만드는 과정을 그린 구절로 창작에서 삶의 여러 면모까지 짚게 하는 까닭이다.

이애자 시인은 간명한 언어나 단순한 비유를 쓰면서도 울림의 무늬를 빚는 세계를 보여준다. 제주 특유의 역사나 삶의 품에서 시적 품을 열어가려는 일상 속

발견의 귀결들이다. 마치 "가을의 깊이와 높이를 조절하는" 고추잠자리의 비법을 따라보듯. 이런 시적 밭담의 목소리에 많이 귀 대어보길 기대한다.

이애자 시집

풀각시

2022년 8월 10일 초판 1쇄 발행

지은이   이애자
펴낸이   김영훈
편집인   김지희
디자인   나무늘보, 이은아
펴낸곳   한그루
         출판등록 제651-2008-000003호
         제주특별자치도 제주시 복지로1길 21
         전화 064 723 7580 전송 064 753 7580
         전자우편 onetreebook@daum.net 누리방 onetreebook.com

ISBN 979-11-6867-034-1 (03810)

이 책은 제주특별자치도와 제주문화예술재단의
2022년도 제주문화예술지원사업 후원을 받아 발간되었습니다.

값 10,000원